U0815562

欣梦享
ENJOY LIVING

飞扬文室 · 著

最近很累，但问题不大

—— 展开更多

江苏凤凰文艺出版社
JIANGSU PHOENIX LITERATURE AND ART PUBLISHING

图书在版编目（CIP）数据
最近很累，但问题不大 / 飞扬文室著. -- 南京 : 江苏凤凰文艺出版社, 2024. 7. -- ISBN 978-7-5594-8740-7
Ⅰ. I247.81
中国国家版本馆CIP数据核字第2024PV4097号

最近很累，但问题不大

飞扬文室 著

责任编辑　王昕宁
特约编辑　李寒蕊
装帧设计　木南君
责任印制　杨　丹
特约监制　杨　琴
出版发行　江苏凤凰文艺出版社
南京市中央路 165 号，邮编：210009
网　　址　http://www.jswenyi.com
印　　刷　三河市兴博印务有限公司
开　　本　787 毫米 ×1092 毫米　1/32
印　　张　7
字　　数　96 千字
版　　次　2024 年 7 月第 1 版
印　　次　2024 年 7 月第 1 次印刷
书　　号　ISBN 978-7-5594-8740-7
定　　价　55.00 元

最近很累，但问题不大

39.6 万人参与 · 28.6 亿次播放

有时候人就是这么奇怪，

受了天大的委屈可以默不吭声，

听到一句安慰的话却泣不成声，

逞强太久了，

放松一下吧。

最近很累，但问题不大

用户 9787559487407

记忆中，小时候的快乐总是很简单，一个新玩具就能让我高兴好久。# 最近很累，但问题不大

用户 9787559487407

青春年少时，幻想过脚下的自行车会张开翅膀，带我飞到梦里的地方。# 最近很累，但问题不大

用户 9787559487407

大学时，常在图书馆畅想未来，希望实现远大的理想。# 最近很累，但问题不大

用户 9787559487407

工作后，我发现成年人的生活有太多无可奈何，我也学会说“我习惯了”。# 最近很累，但问题不大

用户 9787559487407

幸运的是，就算我再辛苦，家里始终都有人在等我回来，给我无穷的力量。# 最近很累，但问题不大

目录
CONTENTS

致读者

之前在直播间看到过一个卖锅的女孩，
举着一口很重的锅，讲解了很久，
手都开始抖了。
有人发弹幕：“这个锅重吗？”
女孩逞强道：“这个锅不重的。”
但下一秒，一条弹幕让女孩泪流满面：
“累了就歇歇吧。”

这个世界上，谁都过得不容易，
谁不是为了生活故作坚强？
然而，你能有多坚强？
又不比别人多一颗心脏。

于是，这本希望所有人不再假装坚强的小书，
便诞生了——
它没有华丽的辞藻，没有轰轰烈烈的情节，
却记录了一个个真实发生的故事：
有医院里抱着孩子的母亲，
有高压线上辛苦工作的工人，

有深夜拖着满身疲惫下班的白领……
他们的故事被稀释成三言两语，
成为别人直播间的一条弹幕，
或别人视频下的一条评论。
虽然迅速被淹没，一如他们平常的人生，
却在哪怕一个人因此破防的瞬间，
被时间一一定格，
又被捡拾在这本书里。

其实，本书没有什么大道理，
也没有所谓实用性，只是想说一句：
“我不问你飞得高不高，只关心你飞得累不累。”

每一个努力生活的人，都喜欢说“没事”，
但我希望你若累了、烦了、委屈了，
可以大哭一场，或者静静流泪几分钟。
让疲惫、压力、烦恼被眼泪通通带走，
只留下轻松、释然，和简单的快乐、温暖。

篇章一

回头看才发现咬着牙也走了很远的路

18.5 万人参与 · 20.1 亿次播放 收藏

累了就停下来休息一会儿，

你真的很好，你已经很棒了，

你做得已经够多了。

展开更多

当众孤独

下了夜班，

我一个人到菜市场买了菜，

到家已经是上午九点钟了。

我一个人蒸了热腾腾的米饭，

一个人炒了香喷喷的菜，

打开直播间，

一边吃饭一边和粉丝聊天。

聊着聊着我的眼泪猝不及防地就落下来了。

明明有很多人在跟我说话，

可我只能听见自己的声音，

忽然觉得，好孤独啊。

昨天 · 篇章一　回复

用户 9787559487407

孤独的时候，你最希望谁陪在你身边？

刚刚 · 篇章一　回复

展开更多

委屈

大年初一没有跟家人团圆，
为了多赚几百块钱，
守着茶楼到天亮，
结果客人走后，我的钱却丢了。
那是我成年后唯一一次崩溃大哭，
不是心疼那些钱，
就是突然觉得很委屈，很心累。

昨天 · 篇章一 回复

用户 9787559487407

刚刚 · 篇章一 回复

展开更多

忍不住

暑假在外面打工，
手被工具压肿了。
从厂里到医院都没哭，
姐姐安慰也没有哭，
直到我看见妈妈，
真的忍不住了。

昨天 · 篇章一　回复

羡慕

驻足在篮球场的围栏外，
我穿着年少时羡慕的笔挺西装，
羡慕着在球场上恣意挥洒青春的少年。

昨天 · 篇章一　回复

勇敢的小孩

所以孤独是什么呢？

是我一个人拿着诊断书，

一次次坐在往返家和武汉的火车上吗？

是我每天晚上像骆驼祥子一样，

反刍自己那些糟糕透顶的时候吗？

都不是。

我不是孤独的小孩，

我是勇敢的小孩，

我可以一个人复查，

一个人吞掉那些糟糕的坏情绪。

我是勇敢的小孩，

我在享受孤独，

我喜欢一个人，

我喜欢自由。

昨天 · 篇章一　　回复

—— 展开更多

生日

孩子生病的时候我在加班，
爸爸生病的时候我在出差。
今天我自己生日，
我妈给我点了个蛋糕。
我刚吃了一口，
蛋糕就被主管给扔地上踩了，
告诉我不能在加班的时候吃东西。
我妈打电话问我蛋糕吃了没有？
我想了想，
一边整理着桌子上乱七八糟的文件，
一边笑着跟她说："真好吃，
同事也跟我一起过生日呢，
还给我买了一碗长寿面。"

昨天 · 篇章一　　回复

展开更多

“自私”

有时候觉得人真的很奇怪，

坏人做了一百件坏事，

偶尔做了一件好事，

周围的人就觉得他变好了，值得称赞了；

可是好人做了一百件好事，

偶尔有一次做得不到位，

就会被周围的人指责。

就像我从不抱怨帮舍友带饭、打水、

提前去教室占座，

大家都习以为常了，

今天有事没来得及去打水，

她们就说：“你能不能不要那么自私啊？”

昨天 · 篇章一　　回复

······ 展开更多

男子汉

妈妈长期患病，
爸爸是我家的顶梁柱，
唯一的经济来源，
可是几个月前，
他突发心脏病，走了。
妈妈知道后经受不住打击，
没过多长时间，
也永远地离开了我。
我成了家里唯一的男子汉，
在工地上做苦力赚钱。
休息时听工友大哥说起自己的孩子，
要多赚些钱让孩子好好念书，
我忍不住哭了出来，
我刚刚十九岁，
原本今年该参加高考了，
我好想回去念书啊。
可是转念一想，
我还有奶奶和弟弟呢，
我多赚些钱，

奶奶就能生活得更好了，
弟弟也能好好把书读完了。
我擦干眼泪，
扛起一袋水泥，继续干活去。

昨天 · 篇章一 回复

—— 展开更多

午饭

记者到矿井采访，

拍下了这样一个画面：

午饭时间到了，

矿工们不顾手脏不脏、食物有没有沾上泥，

狼吞虎咽地吃了几口，

又马上投入工作。

昨天 · 篇章一　回复

—— 展开更多

无声

你身边是不是也有这样的人：

看上去十分开朗，每天正常地学习或者工作，

和朋友吃饭、聊天，

大家有不开心的都愿意找他倾诉；

实际上他的内心早已千疮百孔，

总是安慰着自己“看清了也就看轻了”。

可能你不知道，

他的世界就连崩溃都是无声的。

昨天 · 篇章一　回复

—— 展开更多

负重

小学课本上，

我们都学过《挑山工》这篇课文。

虽然现在科技发达，

运输条件便利，

但是挑山工仍然存在，

只是那时候他们只需要挑修路的石板，

而现在，

为了满足游客的需要，

他们挑的东西已经变成了笨重的冰柜等设施。

可是他们这一趟挣的钱，

甚至不够买一支眉笔。

昨天 · 篇章一 回复

用户 9787559487407

刚刚 · 篇章一 回复

心酸

四位农民工为了一份工作，
追着一辆豪车拼命奔跑。
车主明明知道后面有人在追，
路边也没有禁止停车的标识，
却仍然开出去很远。
看着莫名心酸，
没办法，都是为了生活。

昨天 · 篇章一　回复

心碎

我总是说没事，其实我都快碎掉了。
你走，我想一个人哭一会儿。

昨天 · 篇章一　回复

贵

老人在街边卖桑葚，

路人问他多少钱，

老人说十块钱三盒。

路人惊讶于竟然如此便宜，

话还没问出口，

老人看他表情不对，

怕自己卖得太贵吓跑了顾客，

连忙改口：“四盒，十块钱四盒。”

昨天 · 篇章一　回复

展开更多

打车送外卖

出租车司机接到了一个奇怪的乘客，

一位外卖小哥。

司机忍不住好奇问道：

“打着车送外卖？你这是咋想的？”

“唉，”外卖小哥叹息一声，

“电动车坏了，超时要被罚款的。”

司机问：“那你这样送一单，得亏不少钱吧？”

“打这一趟车，我今天一天就白干了，

但要是超时被客户取消订单，

平台按违约罚我的款，

我这一整个月就白干了。”

昨天 · 篇章一　回复

展开更多

舍不得

一个工人在往集装箱里搬东西的时候，
失手被货物砸了头，眼前一黑躺倒在地。
工友非常担心，想送他去医院，
然而他一手扶着额头，
摇摇晃晃地站起来继续工作。
他还能忍着。
他舍不得。

昨天 · 篇章一　回复

伤口

工人在建筑工地扛钢筋被划伤，
只用创可贴草草粘一下伤口就马上回去干活。
这样的伤口，他们在工地上已经习惯了。

昨天 · 篇章一　回复

返乡

记者在春运高峰期来到火车站采访，
看到一个民工就着辣酱吃冷馒头。
记者问："大哥，您只吃这点有力气等车吗？"
民工回答："没事，不干活不用吃也可以，
钱留着给我孩子买好吃的呢。"

昨天 · 篇章一　回复

心累

最心累的事，
就是跟老公说请婆婆帮忙带下孩子时，
他一边说带个孩子你能有多累，
一边说我妈带我很辛苦的，
别麻烦她了。

昨天 · 篇章一　回复

叹息

航拍摄像头拍下了这样一个令人心酸的画面：

一名工人跨坐在高压线上，

吃着冷掉的盒饭，

一不小心手抖了一下，

整个饭盒从高空掉落，

工人不知所措，

捡了几个粘在衣袖上的饭粒塞进嘴里，

叹了口气，

拿起工具继续忙碌了起来。

昨天 · 篇章一 回复

展开更多

学费

那天在医院接诊了一个得了热射病的大叔，
一入院他就开始大量吐血，
全身的器官都好似被高温煮熟了。
我们努力抢救，
总算把他的体温暂时控制住了，
热射病死亡率高达 90%，
我担心他挺不过今晚。
大叔的儿子趴在父亲病床前哭得喘不上气。
原来家里穷，
为了凑齐他上大学的学费，
年迈的父亲离开农村到北京干苦力。
我自诩见惯了生离死别，
可还是忍不住为了这位父亲潸然泪下。

昨天 · 篇章一　回复

展开更多

麻木

记者来到工地采访，

正巧遇到了工人们的午饭时间。

送来的盒饭相当简陋，

甚至都没有给他们足够的筷子。

工人们捡起旁边的木棍，

就那样凑合着扒拉着盒饭吃了起来。

令记者心酸的是，

看他们的表情，

这样的事情他们已经习以为常了。

昨天 · 篇章一　　回复

展开更多

“为了你好”

男朋友总说他是为我好：

我化妆他让我擦掉，说素颜好看；

我买了短裙不让我穿，说这样不好；

我吃到喜欢的东西，没忍住多吃了点，

他说别吃了不然又得减肥；

我和同事聚餐，

他要我一直开着电话免提，

说外面危险；

他删了我所有男同事的微信说他会介意……

他说他做的一切都是为我好，

可是我为什么就感觉这么累呢？

昨天 · 篇章一　回复

用户 9787559487407

刚刚 · 篇章一　回复

眼泪

“我不想这么委屈，可我已经习惯了。”

电影院里，

不少观众因为这句话泪流满面。

男朋友注意到我的情绪，

给我递过来一张纸巾，

而我注意到的是邻座的一个女孩，

用手不断地抹着眼泪，

而她的男朋友坐在旁边，

无动于衷。

昨天 · 篇章一　　回复

展开更多

换灯泡

合租室友是个非常独立的女孩，

干什么都是自己一个人完成。

那天我回到家，

看到她正自己坐在地上，

我吓了一跳，

赶快扶她起来。

原来是灯泡坏了，她想换一下，

没站稳摔倒了。

“这种活你怎么不叫你对象来帮忙呢？”我问。

“嗯……我习惯了。”

昨天 · 篇章一　回复

展开更多

伞

遇到他那天，我也忘记为什么晚回家了。

我不知道他姓甚名谁，

只记得他瘦瘦的，

背着上班族最常见的那种双肩包。

下着大雨，末班车左右等不到，

我们便闲聊起来。

我问："你为什么不打车呀？"

"打个车的话，十几二十块钱呢，舍不得。"

"你怎么十几块钱都舍不得呀？"

"你不知道，现在在深圳，

对普通人来说，

这里要十几块，那里要十几块，

一个月就那几千块的工资，很快就没了。"

他脸上的表情说不清是哭还是笑，

往车开来的方向又望了望：

"十几块够我吃一顿早饭了。

我……还是走回家吧。"

"喂！还下着雨呢！"我喊道。

他留给我一个挥手的背影："没事，我有伞！"

为什么要问陌生人一句“为什么不打车”呢?

我大概也是在问自己吧。

抬腿走进雨里，没关系，我也带伞了。

昨天 · 篇章一 回复

用户 9787559487407

站台的挡雨棚再大都不是避风港，

只要自己有伞，

再大的风雨都敢闯。

刚刚 · 篇章一 回复

展开更多

向前看

交警在路上拦了一辆严重超载的三轮车，
司机是一个父母妻儿都失去了的苦命人。
交警不由得心疼起来，问道：
“大叔，你的家人都不在了，
剩你一个人怎么办呀？”
大叔笑笑：“向前看。”

昨天 · 篇章一　回复

飘

有时候觉得，小县城容纳不了灵魂，
大城市安不下家。

昨天 · 篇章一　回复

二十岁

我才二十多岁，人生才刚刚开始。

我才二十多岁，怎么就背负了这么多债？

我才二十多岁，怎么就过得这么累？

我才二十多岁，就要被人生打败了吗？

昨天 · 篇章一　回复

用户 9787559487407

其实有时候很想问，

有人懂那种“想放弃又不甘心，

想坚持但找不到意义”的感受吗？

刚刚 · 篇章一　回复

展开更多

飞驰的摩托

男孩从小父母离异，由奶奶抚养长大，

家境贫寒，十六岁就辍学当起了摩托车修理员，

可他却有一个赛车梦，

希望有朝一日能够走出大山。

为了实现梦想，他找到了一个电视台的记者，

希望能报道他展示车技的视频，

让车队能够看到他。

“你就那么想上电视吗？”记者问。

男孩回答得非常诚恳：

“上电视不重要，但是能让车队看见我，

这很重要。”

记者没有充足的时间等他展示，

男孩就坚持骑车追在电视台的车后，

走了很多地方。

记者终于被他打动，为他拍了视频。

看到他摔倒，记者心疼地问：“你经常摔倒吗？”

男孩习以为常，告诉记者，技术都是摔出来的。

多年过去，当年的男孩带着自己的摩托车队，

驰骋在各大比赛的赛场上。

我们不知道这一路走来，

他和他的摩托车骑了多远的路、摔过多少跟头，

但是只要谈起赛车，他的眼睛依然亮晶晶的，

就像大山里晴朗的夜空中最亮的星子。

昨天 · 篇章一　　回复　　♡　　💔

------ 展开更多 ∨

崩溃

其实每一次崩溃大哭，

我们都是在哭自己：

哭自己进退两难、无能为力；

哭自己真心错付、善意得不到回应；

哭自己太过懂事，

反倒成了理应被忽略的人。

昨天 · 篇章一　回复

靠自己

后来我发现，

每次当我需要一个人去依靠的时候，

往往最后都是一个人挺过去的。

昨天 · 篇章一　回复

依靠

这些年已经习惯了什么事都自己扛。

累了，自己撑着；

疼了，自己忍着；

哭了，自己藏着。

不然我还能依靠谁呢?

其实也并不是没有人可以依靠，

只是我不想让年迈的父母担心罢了。

昨天 · 篇章一 回复

惊喜

总会有人心疼你，

要相信好人有好报，

你的善良，总有一天会给你带来惊喜。

昨天 · 篇章一 回复

朋友圈

难过的时候编辑了一条朋友圈，
点击“发送”之前又一个字一个字地删掉。
算了吧，
关心我的人看到会难受的。

昨天 · 篇章一　回复

误会

以前被人误会的时候，
我会想尽办法解释，现在我不会那样做了。
不熟悉的人，你不了解我，误会也正常；
熟悉的人，我会发现，
原来在你心里是这样想我的。

昨天 · 篇章一　回复

责怪

我从来都不怪他穷，

我只怪他从来不曾维护过我，

受了委屈跟他说，

他甚至连一句敷衍都没有。

昨天 · 篇章一　　回复

追梦很难

我一步一步地靠近着我的梦。

我说："即便狼狈不堪，

我也愿意付出我的一切来完成。"

可现实，好像不似我想象的那样容易啊。

昨天 · 篇章一　　回复

新的一天开始了，

阳光很好，准备迎接挑战！

篇章二

老天爷，看看你都做了些什么

41.5 万人参与 · 325.6 亿次播放　收藏

经常看到一个很火的评论：

“你说电视剧里，为什么天上犯了错的神仙都要被罚来人间受苦呢？”

大概因为，人间是真的苦吧。

展开更多

扛不住

妻子难产离世后，男子体验生产痛觉，
一直体验到十二级毫无反应，
医生吓得赶紧停了机器。
该男子边笑边流泪说：
“原来这么疼你才没扛过来。”

昨天 · 篇章二 回复

失踪

儿子失踪，父亲苦苦寻找无果，
走投无路之下向电视台寻求帮助。
带着记者看家附近环境时，
父亲不经意从阳台往外瞥了一眼，
楼下竟然躺着儿子的尸体。

昨天 · 篇章二 回复

痛

男子被查出癌症晚期，

得知消息后父母双双跳河离世。

原来，男子是家里的第三个儿子，

两个哥哥年幼时不幸夭折，

父母不愿再经历一次丧子之痛，

不想面对白发人送黑发人的心酸，

于是先儿子一步而去。

然而男子在三个月之后也不治身亡，

只留下妻子和一个年幼的孩子，

无人照料。

昨天 · 篇章二 回复

用户 9787559487407

刚刚 · 篇章二 回复

说不出的话

妈妈，我好疼！

有人用针扎我，扎了好多好多根，

可我真的很乖，

你和爸爸不在家的时候我都在乖乖玩游戏。

我为什么要被扎呢？

妈妈，我不是坏孩子吧？

妈妈，我太难受了，

我还不会说话，

我没法告诉你我经历了什么，

你和爸爸什么时候才能发现呀？

昨天 · 篇章二　　回复

展开更多

再见

一个八岁的女孩得了脑炎，
爸妈看治不好，怕花钱，
把她遗弃在医院。
最终，病情恶化，小女孩快不行了，
临走的时候，她双手捧着证件照，
把复印件上的证件照捏得紧紧的，
贴在嘴角小声说：“爸爸再见，妈妈再见。”

昨天 · 篇章二　回复

······ 展开更多

犹豫

消防员成功拉住了想要轻生的女孩，

那一秒，她犹豫了，

却听到围观人群中有人说了一句："真矫情。"

她毫不犹豫跳了下去。

明明已经拉住她了。

昨天 · 篇章二 回复

—— 展开更多

用户 9787559487407

有的人根本就不觉得自己是施暴者。

刚刚 · 篇章二 回复

—— 展开更多

不动了

有一个妈妈和情夫杀了自己的亲生儿子。

审讯的时候，情夫说：

“他的力气太大了，我压制不住，

我叫他的妈妈过来帮忙，

他就立马不动了。”

昨天 · 篇章二 回复

用户 9787559487407

能毁掉一个家庭的，

究竟是什么呢？

是天灾，还是人祸？

刚刚 · 篇章二 回复

------ 展开更多

空房子

他们因为喜欢儿子，

而将刚出生一个月的女儿送人了；

他因为口口声声说“喜欢女儿”而收养了女孩。

然而令人意想不到的是，

多年后孩子被一个小区的工作人员发现，

在一间还没装修的空房子里用铁链锁着，

每天只能吃一顿剩饭，

而做出这件事的人，

正是口口声声说“喜欢女儿”的养父。

昨天 · 篇章二　回复

展开更多

埋怨

她的丈夫因为意外离世，
孩子先天残疾，
她挑起一根扁担，
撑起了这个支离破碎的家。
但是公公婆婆、街坊四邻，
都将她说成“十恶不赦”的人，
只因为他们这个地方重男轻女。
他们认为她丈夫的死，
全都是因为要照顾她和孩子出村打工造成的。

昨天 · 篇章二　　回复

—— 展开更多

邻居

小时候和姐姐抱着三个多月的弟弟在门口玩，
一个邻居经过，跟我们说：
“你看他头皮那块会动，
你们按一会儿，就不会动了。”
说完邻居就走了。
小时候没有常识，长大后知道了才感觉后怕，
那是囟门，如果我们真的按了，
可能会给我弟弟造成不可逆的脑损伤，
甚至更严重，害他丧命。

昨天 · 篇章二　回复

------ 展开更多

收货

水果商在果林收水果，
果农老大爷小心翼翼地跟他商量：
“可以先把钱给我吗？”
原来前一年，
他辛辛苦苦把一年的收成背下山，
收购商装车就走，一分钱都没有给他。

昨天 · 篇章二　　回复

用户 9787559487407

常常觉得，
学习好难，工作好难，坚持好难……
可是，这世上，有很多人，
就连本能地想要活着都好难。

刚刚 · 篇章二　　回复

展开更多

淋雨

我经营着一家小卖店，

每天旁观着店门外的人来人往。

我经常看见一对年迈的夫妻，

老爷爷总是一个人在前面走着，

老奶奶佝偻着腰，跟老爷爷错开几步，

提着菜篮子默默在后面跟着。

那天下着很大的雨，

老爷爷打着一把伞，步子仍然走得飞快，

老奶奶提着菜，经过我的门店时，

尽量贴着墙根走，只因屋檐下面可以少淋点雨。

可是那把伞明明足够为两个人挡雨啊！

我只看到她淋了这一场雨，

可她的一生，或许都已经在风雨里度过了。

昨天 · 篇章二　　回复

—— 展开更多

形同虚设

奶奶带着孙子在小区的儿童乐园玩，

一只大狗突然向奶奶扑来，老人家吓得不轻。

孩子指着儿童乐园旁边的告示对狗主人说：

“叔叔，这里写着宠物不得入内。”

然而狗主人非但没有认识到自己的错误，

还恼羞成怒地一拳将孩子打成了脑震荡。

昨天 · 篇章二 回复

展开更多

冲突

年轻人在球场打球，
无意中和另一群也在打球的人发生了冲突，
不承想竟被那人的家长找上门来，
打成重伤不治身亡。
而施暴者竟声称：
“打成什么样无所谓，
我们有的是钱，
赔给他家就好了。”

昨天 · 篇章二　回复

—— 展开更多

亲缘

他刚出生便被父母卖给了别人，
养父母待他很好，却早早离世。
从此，他踏上了漫长的寻亲之旅。
他想要的只是一个家，
却没想到被亲生父母当作唯利是图，
不予理睬，
网络上不断地有键盘侠对他诛心。
他不堪重负，
最终选择离开这个世界。

昨天 · 篇章二 回复

展开更多

抑郁

“你就是想得太多了，想开点就好了。”

“多忙点事情就没空胡思乱想了。”

“谁还没个心情不好，你抑郁？我还抑郁呢。”

“你看着也不像会抑郁的人啊，会说会笑的。”

“你整天窝在家里啥都不干，怎么可能开心。”

“多出去走走就好了。”

“去什么医院啊，这点事还至于找医生聊。”

“跟我说两句不就行了，还省钱。”

…………

我不是单纯地想太多、心情不好，

可我不会指责你们对我造成了二次伤害，

我愿意相信你们是在关心我。

但抑郁症，是一种病啊，

我也不希望自己生病的。

昨天 · 篇章二　回复

展开更多

照片

她曾在社交媒体上晒出自己明媚的照片——
带着名校录取通知书给病重的亲人送去惊喜。
不料没有得到网友的祝福，
反而招致一大堆谩骂，
以及莫须有的罪名。
她努力合法维权过，
找心理医生给自己开解过，
却最终抗争不过网络暴力的压迫，
只得休学一年治疗抑郁症。
或许真的是灵魂太轻，
已经再也负担不起命运的重荷。

昨天 · 篇章二　回复

—— 展开更多

文字的重量

如果你问我，一个字到底有多重？

我不知道怎么回答。

敲一行字很快，用不了几秒，

付梓之后拿着一本书，手感也可以很轻，

可是我见过文字里挣扎着太多无助的灵魂。

不着边际的谣言、抨击，

每个人都觉得我只是看见一件事，

敲了一行评论抒发自己的想法而已。

堆积在那里的字符不知道自己是黑是白，

它们重得让人喘不过气，

真真实实地压垮了一个又一个无辜的人。

讽刺的是，

当事者心态崩溃，甚至因此轻生之后，

那些平反的、道歉的，

跟之前“只是敲了一行评论”的，

是同一伙人。

昨天 · 篇章二　回复

用户 9787559487407

夸奖的话你可以脱口而出，

诋毁的话你要三思而后行。

刚刚 · 篇章二　　回复

—— 展开更多

其实，

你的心里依然有星星啊。

篇章三

最怕陌生人突然的关心

6.4 万人参与 · 35.2 亿次播放

收藏

一个人逞强久了最怕突然的关心，

有时候撑了很久的坚强轻易就被一句话击垮，

脆弱到因为一句话而泪流满面。

陌生人的善意让人破防。

展开更多

“喝口水吧”

之前我是做直播的，

突然有个人跟我说，你唱了这么久的歌，

嗓子都已经哑成这个样子了，

别唱了，去喝口水吧。

我瞬间泪崩了。

昨天 · 篇章三 回复

药膏

在天津工地上搬砖的那几年，

因为下班比较早，

所以会时常兼职去送外卖。

有一次给一个老奶奶送餐，

手上裂的口子被她看到了，非给我一盒药膏。

鞠躬道谢后，路上眼泪再也止不住了……

昨天 · 篇章三 回复

“爸爸”的消息

父亲节时，女孩给过世父亲的手机号发短信：

老爸，我好想你。父亲节快乐。

没想到竟收到了“爸爸”的回复：

宝贝，你也快乐。

明知道电话那头回复自己的并不是父亲，

但是这个连接让女孩心中亮起点点微光。

她问：老爸，你会想我们吗?

对方回：会！很想！

她回：我也很想你。

爸爸又回：好好照顾自己。

女孩含着泪打字：老爸，我的梦想是回北京，

回我们以前的老房子看一看。

爸爸回答：过去的留着怀念，

现在的才是人生。晚安。

昨天 · 篇章三　回复

······ 展开更多

车窗

男子看到一辆车紧紧挨着自己的停着，
驾驶座的门被堵得死死的。
他打电话找来车主，
车主二话不说立刻挪走。
这时男子才发现自己的车窗忘了关了，
钱包就落在驾驶座上。
原来善良的车主并不是乱停车，
而是为了防止自己的钱包被人偷走。

昨天 · 篇章三　回复

—— 展开更多

心愿

一个六岁的德国男孩身患癌症，

遗愿是看到三十辆摩托车从自己家楼下驶过。

孩子父母尝试着把他的愿望发到了网上，

他们原本担心凑不够三十辆，

可那一天，

来自世界各国的摩托车手自发聚集在一起，

骑行到小男孩的家给他送上最美好的祝福，

令人想不到的是，

当天来的车手，足足有两万名。

昨天 · 篇章三　　回复

—— 展开更多

动脉

接连不断地遇到倒霉事，
我已经记不清那天到底是什么，
击溃了我敏感脆弱的神经。
我在网络上发了一条求助：
“动脉在哪，越具体越好。”
几分钟后得到几条回复：
“小可爱，动脉被我藏起来了，
你笑一下我就告诉你。”
“你不需要知道呀，医生替我们记着呢。”

昨天 · 篇章三　回复

------ 展开更多

街头歌手

她以为他是日本的街头歌手，

他以为她是日本的普通听众。

他唱着日文版的《海阔天空》。

身在异国他乡，听到了家乡的旋律，

她忍不住用粤语跟着合唱。

他听见了，于是将歌词改回粤语版。

独在异乡为异客，

那一刻是他乡遇故知的喜悦，

是两个思乡之人的互相鼓励。

唱出日语或许是为了生活，

但唱出粤语的，一定是灵魂。

昨天 · 篇章三　　回复

------ 展开更多

挖掘机

下班时突然下起了瓢泼大雨，

一位大叔即便穿了雨衣也被雨水淋得透湿。

道边停了一辆因为大雨不能工作的挖掘机，

挖掘机司机让大叔到副驾驶室来避雨，

大叔担心自己把车内弄湿，

不肯进去。

于是，大街上出现了这样幽默又暖心的一幕：

挖掘机司机操纵着挖铲，

小心翼翼地扣在大叔头顶，

尽量让他少被雨淋一点。

昨天 · 篇章三　回复

展开更多

水瓶

在给客户送文件的路上，
女职员因为天气太热口渴难耐，
给自己买了瓶水，却实在没有力气拧开，
一不小心还将怀里抱着的文件撒了一地。
这一天她不知道还经历了什么样的辛苦，
受了什么样的委屈，
突然就坐在路边哭了起来。
这时，旁边正在休息的一个外卖小哥看到了她，
默默走到她身边，捡起一地的文件，
帮她打开了水瓶，又送给她一块蛋糕。
他什么都没有问，她也什么都没有说，
但是能够拥有这份善意，已经足够了。

昨天 · 篇章三　　回复

------ 展开更多

“你还好吗”

之前在赤峰送外卖，

大雪天，一下摔倒了，浑身疼。

我躺了几分钟，

最后是一个六七岁的小朋友拉着我的手，

和我说：“叔叔，你还好吗？”

昨天 · 篇章三　　回复

电梯

外卖小哥争分夺秒地送餐，

好不容易挤上电梯，却被提示超载。

眼看就要超时，正担心爬楼梯能不能赶得上，

电梯门开了，一位大哥拍了拍他的肩：

“你快去吧，我不着急。”

昨天 · 篇章三　　回复

别着急

外卖小哥骑着车飞快地穿梭在雨幕里，

不小心滑到了，

第一时间检查的也是外卖箱有没有被撞翻，

结果还是延误了送餐时间。

“不好意思啊，这单我路上耽误了……”

他焦急地解释着。

“没关系，您先点确认签收，”

电话那边传来温和的声音，

“路滑，您注意安全。”

昨天 · 篇章三　回复

用户 9787559487407

刚刚 · 篇章三　回复

—— 展开更多

急救

老人在路上突然晕倒，

路过的外卖小哥曾经学过医，

毫不犹豫停下车对老人进行急救，

老人转危为安。

昨天 · 篇章三　回复

积水

连日暴雨，

路边的下水道口被落叶和塑料袋堵死，

马路上积了很深的水，

影响人们出行。

外卖小哥用双手掏出堵住下水道口的杂物，

为来往车辆行人提供了便利。

昨天 · 篇章三　回复

劝和

暑假我去早餐店打工，

不小心打翻了顾客的一杯豆浆，

我一遍一遍给他道歉，

自费替他买单，

仍然被他不依不饶地言语侮辱。

直到其他的顾客来帮我劝和，

我终于忍不住，哭了出来。

昨天 · 篇章三　回复

—— 展开更多

滑板

一个小孩学滑板时不小心失控，
滑板顺着陡坡一路向下冲。
路过的外卖小哥看见了，
立刻停车向小孩跑过去，
试图拦住失控的滑板。
小哥被惯性带倒，
擦伤了手臂，
但是滑板上的小孩被成功拦下，
没有摔伤一丝一毫。

昨天 · 篇章三　　回复

—— 展开更多

希望在明天

落魄时一天三份工，
还兼职做网约车。
有一次接单送一位老师，
她见我不出声，
问我是不是有什么困难，
到目的地后给了我一颗糖，
说吃颗糖就会开心起来，希望在明天。
这是我印象最深的陌生人，谢谢你。

昨天 · 篇章三　回复

展开更多

计价器

那天下着大雨，回家路上遇到堵车，

我没忍住偷瞄计价器。

司机师傅注意到了我的小动作，

开始和我聊天，

知道了我刚毕业没多久，

今天刚被辞退。

他问我平时打车多少钱，

听到我说三十二块钱，

于是他在车费跳到三十二的时候，

默默抬起了计价器。

下车时，师傅递给我一把伞，

告诉我：“你还年轻，未来会越来越好的。”

昨天 · 篇章三　　回复

展开更多

追击

公交车上，女孩的钱包被偷了，
那里面有她的身份证、学生证，
以及一个学期全部的生活费。
眼睁睁看着小偷下了车，女孩急得直哭。
这时，好心的公交司机和大家商量，
要掉头回去追小偷，乘客们纷纷表示同意。
最终，司机和乘客们一起将小偷抓获，
追回了女孩丢失的财物。

昨天 · 篇章三　回复

展开更多

系鞋带

盲人小伙站在地铁里，

他身边的一个女孩忽然发现他的鞋带开了。

担心盲人小伙不慎摔倒，

女孩弯下腰，默默地帮他把鞋带系了起来。

昨天 · 篇章三　回复

用户 9787559487407

她为盲人弯腰的样子，

真的好美。

刚刚 · 篇章三　回复

展开更多

您像我爷爷

公交车上，

老人发现一个女孩一直看着自己，

一副欲言又止的样子。

老人犹豫了一下，还是去问了女孩：

“孩子，你怎么了，有什么事吗？”

女孩有些不好意思：

“对不起，您长得很像我爷爷，

前一段时间，他走了……我能抱抱您吗？”

老人给了女孩一个大大的拥抱，

轻轻在她背上拍着：

“孩子，别难过，爷爷也很想你。”

刚刚 · 篇章三 回复

…… 展开更多

女侠

突然天降暴雨，路边等公交的老人们没有带伞，
连忙挤到站台下去躲雨。
然而小小的站台容纳不下那么多人，
一位提着大包小包的大爷落在后面，
只好站在雨里。
一个年轻女孩从背后给大爷撑起了一把伞，
等到公交车来，
女孩又一个一个把没带伞的老人们送上了车。
人们都说，女孩最后收伞离开的背影，
就像武侠小说中行侠仗义的女侠，
又温柔又潇洒。

昨天 · 篇章三　回复

展开更多

麻辣烫

我开了一家麻辣烫店。

一位客人结账时，

小声跟我说：“你这豆腐是酸的。”

我第一反应是他要闹事，

已经准备给他免单了。

对方却只是笑笑：“没有别的意思，

怕你不知道再稀里糊涂卖出去，

给别人吃坏肚子。”

昨天 · 篇章三　回复

展开更多

热饭

农民工下了夜班，拿着冷掉的盒饭，

非常不好意思地询问工地旁边小饭馆的老板，

能否借店里的炉子热一下饭。

老板拿走他的饭盒，让他坐下稍等。

饭盒端回后，

他发现里面竟然多了两个煎蛋。

看着农民工惊讶的眼神，

老板笑盈盈道：

“别光吃咸菜呀，你这每天干的都是体力活，

要注重身体，以后需要热饭，你就来。”

昨天 · 篇章三　回复

用户 9787559487407

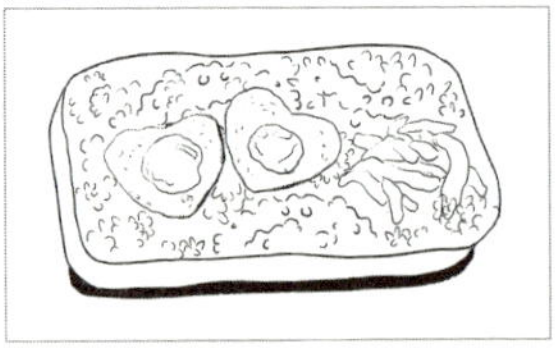

刚刚 · 篇章三　回复

展开更多

超能力

光头男子正坐在餐馆里吃饭，
突然间一个小男孩冲了过来，
笑嘻嘻地摸了摸他的头，
兴冲冲地问道："叔叔，你有超能力吗？"
男子感觉到被冒犯了，正欲发火，
男孩的父亲急匆匆追过来，让他给叔叔道歉。
父亲俯在男子耳边，小声对他解释：
"对不起啦，我家孩子太小，
他得了癌症，正在化疗，头发都没了。
我和他妈妈怕他接受不了，
就跟他说，他没有头发是因为有超能力，
他这才以为您跟他一样。"
男子听后十分心酸，心疼这个年幼的孩子，
于是拉过孩子的手摸到自己头上，哽咽道：
"对呀，叔叔也有超能力，这是我们的小秘密，
你要保守这个秘密直到长大，好吗？"

昨天 · 篇章三　回复

展开更多

套圈

套圈游戏从小玩到大的我，

已经练成了百发百中的高手。

那天我正在餐馆里看店，

看到门外有个人正在摆套圈的小摊，

便忍不住想要大展身手。

可是我注意到老板身有残疾，

于是故意失手，一个奖品都没套住。

昨天 · 篇章三　回复

展开更多

耐心些

爸爸带着孩子在餐厅吃饭，
一个推销员过来向父子俩推销产品，
被爸爸不耐烦地赶走了。
孩子非常心疼，
哭着对爸爸说：
“爸爸，你下次可以不要对他们这么急吗？
我们不要他推销的东西可以跟他好好说，
你这样急吼吼地对他，
多让人伤自尊心。
如果我是他的话，
我现在是什么心情你能想象吗？”
孩子越说越难过，
爸爸被孩子的善良和真诚感动，
对孩子保证，
下次一定更耐心些。

昨天 · 篇章三　回复

展开更多

矿泉水

流浪老人趴在路边的水坑里喝积水，

女孩给他送去一瓶矿泉水。

老人不知所措地躲闪着：

“不，不，我没有钱。”

女孩表示水是送给老人喝的，

老人瞬间泪流满面。

昨天 · 篇章三　回复

短发

值班护士习惯性地去撩耳后碎发，

什么都没摸到后又尴尬地缩回了手。

为了方便穿上防护服，她早就把头发剃光了。

昨天 · 篇章三　回复

纸巾

一群小学生在上学路上，
遇到了一个卖纸巾的残疾男孩，
他们商量了一下，
装作肚子痛急需用纸的样子，
每人一包，
把男孩的纸巾全都买走了。

昨天 · 篇章三　回复

买鸡蛋

“妈妈，你下次再买鸡蛋别去超市了。”
“为什么呀？”
“去我们校门口吧，有一个卖鸡蛋的老奶奶，
太可怜了，冻得手都在抖。”

昨天 · 篇章三　回复

裙摆

结婚当天早上，

新娘忽然从婚车里跑了出来，

原来她看见，

旁边高层楼的阳台上，

正挂着一个摇摇欲坠的婴儿。

她急中生智，

用自己婚服的裙摆接住了掉落下来的婴儿，

避免了一个家庭惨遭不幸。

那一刻，她是最美的新娘。

昨天 · 篇章三　回复

展开更多

惦记

女孩在路边遇到一个卖山枣的老爷爷，
随口问了一句，山上是不是还有小野枣。
几天后，女孩再次路过，又遇到老爷爷了。
“终于碰上你了，我等了你好几天了。”
老爷爷说着，
从枣筐下面找出来一袋小野枣递给女孩。
原来被陌生人惦记着自己随口一提的一句话，
是如此温暖。

昨天 · 篇章三　回复

用户 9787559487407

我也好想偶遇一个惦记着我的人呀。

刚刚 · 篇章三　回复

—— 展开更多

宝贝

曾经在路边捡到过一个智力有点问题的孩子，
问了半天，他磕磕绊绊地说出来一串电话号码。
当时是冬天，我们在路边冻得瑟瑟发抖，
好在电话打通了。
过了一会儿，孩子爸爸哭着赶来，
感谢我找到了他的宝贝。
那一刻，我觉得就算再冷、等得再久，都值了。

昨天 · 篇章三　回复

—— 展开更多

住院费

男子从自动取款机的隔间出来，
听见旁边有人在一边哭一边打电话，
原来是一位身患残疾的母亲，
孩子生病住院了，
却没有钱给孩子交住院费。
善良的男子没有袖手旁观，
从刚取出来的钱中留下自己马上要用的一百元，
剩下的毫不犹豫地给了这位焦急的妈妈。

昨天 · 篇章三　回复

展开更多

别催她

爸爸开车载着儿子，

车前面有一个骑着三轮车拾废品的老奶奶。

爸爸对老奶奶按了好几声喇叭，

儿子心疼道："爸爸你别催她，她已经很老了！"

爸爸说："我不是催她，我想让她停下，

把我们车上的水给她，太辛苦了。"

昨天 · 篇章三　回复

展开更多

低血糖

打印店老板的孩子一边写作业一边替爸爸看店，
这时进来一个民工要打印证件。
对话时孩子发现民工浑身发抖几乎晕倒，
他听爸爸妈妈说过这可能是低血糖，
于是马上扶民工坐下，
给他吃了一颗糖，
又叫来自己的爸爸妈妈送他去医院。
善良是不分年龄的，
年幼的孩子能做到的比我们想象的还要多。

昨天 · 篇章三　回复

—— 展开更多

尊重

下雨天，清洁工不小心撞到了一个女子，

尽管已经道歉，

但是对方一直不依不饶地谩骂。

这时一个小女孩勇敢地站出来，

帮清洁工解释：

“您从背后走过来，清洁工并没有看到您。”

听到女子说清洁工身上脏，

小女孩急得哭了出来：

“阿姨你怎么能这样说呢？她很辛苦的！”

清洁工非常感动，不断对小女孩道谢。

小女孩说：“阿姨，我爸爸妈妈也捡过瓶子，

我知道这有多辛苦。

我妈妈从小就教我，

每一个人都值得被尊重。”

昨天 · 篇章三　回复

展开更多

马路上

货车突然爆胎，

停在马路中央，

车身已经歪斜了，

司机师傅便用自己的身体抵在货物上，

等待救援车的到来。

他并非不知道这种做法非常危险，

但他更怕货物撒满整条街道，

造成拥堵，

给其他来往车辆造成不便。

昨天 · 篇章三　　回复

用户 9787559487407

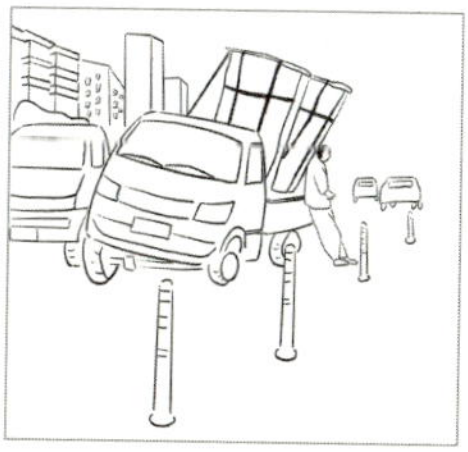

刚刚 · 篇章三　　回复

展开更多

等一等

家庭聚会结束，一家人要回家。

车主喝了酒只好叫代驾。

代驾司机正在路边吃泡面，

接到车主电话，马上要扔了泡面来开车。

车主的儿子对他说：

“叔叔，你先把面吃完吧，

我们等一等，没关系的。”

昨天 · 篇章三　　回复

—— 展开更多

帮助

工人在脚手架上看到一个小学生路过，

马上招呼孩子过来，

想请他帮自己捡掉在地上的工具。

孩子帮忙捡起后，工人递给他五块钱，

孩子以为他是想让自己帮忙去买什么东西，

于是接了过来。

“谢谢你小朋友，很多人不愿意帮我捡，

这个是给你的酬劳。”

听清工人的话后，孩子马上把钱还了回去。

孩子神色认真道：

“不要钱的，帮助别人也是一种快乐。”

昨天 · 篇章三　　回复

—— 展开更多

好心人

男子远远看见路边有一个代驾女孩，
电动车没电了，
一个人用力地推着车子往前挪着。
男子想载女孩一程，
又怕她担心自己遇到坏人，
于是装作自己酒醉，下订单找女孩做代驾。
男子装作迷迷糊糊想不起来自己家的样子，
让她开着车往前走，
然后便跟她聊天，聊到女孩住的小区后，
说自己也住在那里。
女孩虽然将信将疑，
但还是认真完成自己的订单。
到达目的地后，
男子帮忙搬下电动车后跟她道别，开车离去。
女孩这才明白是遇到了好心人，想送自己回家。
出门在外，我们要时刻记得保护好自己，
但也要相信，真的有人很善良。

昨天 · 篇章三　回复

旧手机

亡妻的照片全都存在一个旧手机里，
然而这个保留着珍贵记忆的手机却丢失了。
男子哽咽着向民警求助：
“手机不值钱，但我妻子的照片找不回来了。”
几经辗转，警方找回了手机，
还送了男子一份暖心的礼物：
一张刻录着他亡妻照片的光盘。

昨天 · 篇章三　　回复

拥抱

民警拦住了一个正欲轻生的男子，
耐心询问他：“你想要什么，我们都会帮你。”
男子哽咽道：“可以抱抱我吗？你抱抱我吧。”

昨天 · 篇章三　　回复

笑一下

公园里，一个玩偶扮演者看到一个女孩在哭，
他上前询问女孩是否需要帮助，被挥手拒绝。
他看着心疼，
寻找一圈也没有发现能逗女孩开心的道具，
于是便在她面前跳了一支滑稽而笨拙的舞。
女孩破涕为笑，玩偶扮演者递给她两颗糖：
“虽然是萍水相逢，
我也希望你的生活是甜甜的。”

昨天 · 篇章三　回复

用户 9787559487407

刚刚 · 篇章三　回复

展开更多

消防服

“我妈走了，我爸坐牢了，我爷爷死了。”

七岁的留守男孩，语气冷静得仿佛是个大人。

“我也想哭，我憋着呢。”

男孩的梦想是当一名消防员，

但因为爸爸的原因，他再也实现不了梦想了。

消防员们得知后，

专门订制了一套儿童版的消防服，

带他去消防中队“体验生活”。

男孩摸到梦想中的消防车，

终于露出了久违的笑容。

孩子，你一定要平安健康长大。

昨天 · 篇章三　　回复

用户 9787559487407

刚刚 · 篇章三　　回复

执勤

高考那天下着大雨，

考场外执勤的消防战士冒雨坚守着岗位，

守护着考场的宁静。

家长们于心不忍，

自发撑起伞站在他们身后。

“你们为考生保驾护航，

我们就不能让你们被雨水淋湿。”

昨天 · 篇章三　回复

······ 展开更多

乡村医生

村里医疗条件差，诊所里只有一名医生。
那天，病人特别多，
医生忙得几乎晕倒，
护士给她输上葡萄糖，
她刚微微合眼准备休息一下，
就听见外面在喊有小孩溺水了。
那一刻，她顾不得自己身体不适，
迅速提起一百二十分的精神，
拔掉输液管，往营救现场飞奔而去。

昨天 · 篇章三　回复

—— 展开更多

急诊

一个老奶奶突发急性病，
坐在地上口吐鲜血，
当时已是深夜，几乎没有人发现她。
刚好一个夜跑的男子看到老奶奶，
马上打了急救电话。
医院距离较远，
男子心急如焚，
询问医生能否自己开车把病人送来。
得到医生肯定的答复后，男子立马回家开车，
把急需治疗的老奶奶送去医院。
老奶奶的家人得知消息后非常感恩，
如果不是遇到这位好心人，
老奶奶可能就救不回来了。

昨天 · 篇章三　　回复

—— 展开更多

输氧

交警看到一个突发哮喘的病人倒在路上，

二话不说迅速将他送到医院。

病人稍微清醒后，看到医生要给他输氧，

一边向后躲一边说：

“不输氧，我缓一缓就好，我没钱……”

交警全程都陪在他身边，

听到这句话，马上接话道：

“必须输氧，你没钱我有！”

昨天 · 篇章三　回复

—— 展开更多

别哭了，

眼睛会难受的。

篇章四

自己还淋着雨，却想为别人撑把伞

35.1 万人参与 · 48.3 亿次播放　收藏

有一句话不知道你们信不信，

“最没有安全感的人，最会给别人安全感。”

展开更多

地毯

商店老板经常把废品送给大叔，

一觉醒来发现门口多了一块地毯。

地毯是大叔收来的，

他觉得品相挺好，

就洗干净放在了店门口。

昨天 · 篇章四　　回复

用户 9787559487407

一块旧地毯，

代表了太多无言的感谢。

刚刚 · 篇章四　　回复

—— 展开更多

慷慨

男子在外地把钱包弄丢了，
走投无路时，
尝试在街边跟一个流浪汉大爷借钱。
老大爷没有犹豫，
从破破烂烂的衣兜里掏出自己的全部现金——
一块钱，递给了男子。
男子跟大爷说，自己已经好几天没吃饭了，
大爷看了他一眼，
将自己最后一个包子递给了他。
大爷比任何人都贫穷，
可他也比任何人都慷慨。

昨天 · 篇章四　　回复

用户 9787559487407

善良是不分贫富贵贱的。

刚刚 · 篇章四　　回复

展开更多

零花钱

女孩坐在楼下的石凳上独自哭泣，
一个收废品的聋哑老爷爷给了她二十元钱。
老爷爷在这个小区收废品十几年了，
也算看着女孩长大。
女孩说什么也不肯收老爷爷的血汗钱，
但在老爷爷眼里，
给点零花钱，就是在哄小辈开心了。

昨天 · 篇章四　回复

展开更多

弃婴

年近耄耋的奶奶靠捡废品维持生计，

却把在垃圾堆里发现的弃婴带回家中。

奶奶省吃俭用，

养育了这个没有血缘的孩子十几年。

辛苦不怕，得了胃病也不怕，

她只希望孩子能学有所成，平安健康长大。

昨天 · 篇章四　回复

公平

贫穷的老人靠卖菜维持生计，

一大塑料袋红薯只按两块钱一斤算。

小伙子不忍心，想多给老人家三十块钱，

老人婉拒：“我在乎的不是钱，是公平。”

昨天 · 篇章四　回复

资助

一个贫困的大学生，

每个月把自己的生活费控制在四百元以内。

后来他勤工俭学，

靠兼职凑够了自己继续读研的学费，

却又每个学期都拿出三千多元，

来资助家乡希望小学的孩子。

他说希望能像曾经资助过他的好心人一样，

哪怕照亮一个人也好。

昨天 · 篇章四　回复

展开更多

忘了就忘了

被人遗弃的男孩靠捡垃圾和盗窃长大，

他又捡了个弟弟，

却时刻教育弟弟：“不准偷哪怕一点东西。”

男孩最终被警察抓获。

警察问他你怕不怕弟弟把你忘了，

他说：“忘了就忘了。”

警察又问：“那你会不会忘了他？”

男孩哽咽道：“忘不了。”

昨天 · 篇章四　　回复

展开更多

别拍

男孩患了绝症，女孩片刻不离。

一位记者看了很感动，

决定用镜头记录下这个画面。

男孩却挡住了镜头，笑着说：

“别拍，她还要嫁人呢。”

昨天 · 篇章四　回复

“快闪开”

建筑工地上，

一个工人不小心从四层高楼失足落下。

跌落的一瞬间他没有喊“救命”，

而是让下面的人赶快闪开。

昨天 · 篇章四　回复

救赎

十岁那年，他还不会游泳，

眼睁睁看着七岁的妹妹溺水身亡。

五十七岁这年，他毫不犹豫地跳下河，

成功救起了溺水的陌生人。

回到家后，他崩溃大哭：

“我在梦里练习了快五十年，

这一次怎么可能还会失败！”

昨天 · 篇章四　回复

展开更多

星星

出车祸的时候男孩紧紧把女孩护在怀里。

女孩做完手术醒后，医生递给她一支录音笔，

是男孩弥留之际录给她的：

“对不起，我可能一直不是个称职的男朋友。

你以后有了新的男朋友，别让他像我这样。

你不是自己走夜路怕黑吗，

以后就抬头看看天上，

我变成星星了，别怕，我带你回家。”

昨天 · 篇章四　回复

用户 9787559487407

刚刚 · 篇章四　回复

展开更多

好运气

男孩身患重病不得已截肢。

他渴望回到学校，

渴望病好之后能早点长大，

照顾辛苦的爸爸妈妈。

然而病魔无情，

癌细胞已经在他身体内扩散。

生命垂危之际，

他决定把自己的眼角膜捐献给失明的孩子。

他说：“我把自己全部的好运气都存在了眼睛里，

希望那个用我的眼睛看世界的孩子，

能得到我全部的好运气。”

昨天 · 篇章四　　回复

—— 展开更多

天职

爷爷得了阿兹海默症。

在公交车上，

一个女孩袋子里的水果掉到了地上，

爷爷毫不犹豫飞扑过去，把水果压在身下。

爷爷是退伍老兵，即便记不起身边的人和事，

也记得保护群众的安全，

是自己作为军人的天职。

昨天 · 篇章四　回复

展开更多

没吃到的菜

阿姨在医院对面开了一家小餐馆，
二十四小时营业，只要给她一块钱，
就可以随便使用她的厨房。
有人想买下这间店铺，
跟阿姨商量会给她很多钱，
阿姨说什么也不同意。
原来，阿姨的儿子曾经得了重病，
什么都吃不下去，
临终前，就想再尝尝妈妈做的菜，
可是阿姨还没来得及将做好的菜送到医院，
儿子就永远离开了她。
说到最后，阿姨的声音已经有点哽咽了：
“所以我就在这医院对面开了这家小馆，
当年我儿子没能吃上的那口菜，
希望别人家的孩子都能吃到。”

昨天 · 篇章四　回复

展开更多

自发的

“天灾无情人有情”，

每每看到这句话，

总让人感受到温暖和力量。

然而当记者看到抗洪救灾的救援队中，

有一个拄着拐杖、一条腿被截肢的男子时，

仍然震惊得不知道该说什么好。

记者问：“您是被困者的家属吗？”

男子答：“不是，我是自发前来的，

能帮人就应该帮一把。”

昨天 · 篇章四　　回复

—— 展开更多

邪不压正

出租车司机住着筒子楼，生活拮据，
还时不时因为房屋隔音问题和邻居发生矛盾。
生活并不如意，他怕惹是生非，
常常是唯唯诺诺的。
可是当有一天路过一个街口，
看见一个学生被一群混混围着欺负，
他还是果断下车提供帮助，
报警赶走了那群混混。
学生问：“叔叔，他们那么多人，你不害怕吗？”
司机说：“怕，但是也不能眼看着你受欺负。
孩子你记着，邪不压正。”

昨天 · 篇章四　回复

展开更多

我们一样

很小的时候父母离异，又各自组建了家庭，
奶奶把我养大，基本没其他人管过我。
初中住校之后，班长对我很好，
我一直以为他只是想当个尽职尽责的好班长。
直到很多年后同学聚会，
才知道他妈妈很早就去世了，
他照顾我，是因为我们一样，
都没有妈妈。

昨天 · 篇章四　　回复

用户 9787559487407

刚刚 · 篇章四　　回复

展开更多

大学

拿到大学录取通知书后，
女孩联系到一直资助自己上高中的好心人，
想要用自己兼职挣的第一份工资请她吃顿饭。
见面后，女孩惊讶不已，
对方看起来是一个没比自己大几岁的姐姐，
好像还在上学的样子。
姐姐说：“我高考前家里因为穷，不让我念，
直接打工去了。
后来了解到你的情况，
我就像看见了当年的自己。
其实我要谢谢你，替我实现了我的大学梦。
以后的日子，你要靠自己，继续努力呀。”

昨天 · 篇章四　　回复

展开更多

排雷

排雷部队的官兵每次完成扫雷任务，

将场地移交给当地百姓前，

都会手拉手唱着军歌在场地上走几个来回。

他们在用行动告诉大家——

放心吧，这里绝对安全了。

昨天 · 篇章四　　回复

免费蔬菜

特殊时期，

家家户户的日常饮食都成了问题。

男孩不知道从哪里想办法挑来了二十斤菜，

并拍了一小段视频发到网上：

“周围邻居谁需要，免费。”

昨天 · 篇章四　　回复

礼物

在生日收不到礼物的人，

总会记得给自己在意的人准备一份生日礼物，

因为他们知道，

收到礼物的时候会很开心。

昨天 · 篇章四　　回复

家人

十四岁男孩家庭生活困难，

早早辍学离开了家，

在路上偶遇了一个和家人走散的八岁孩子，

便把小孩带在自己身边。

他以为小孩跟他一样，也没有家人。

昨天 · 篇章四　　回复

义眼

女孩因为一场意外，失去了一只眼睛。

佩戴义眼的这些年，总有一些不舒服的感受，

于是，重新振作起来的她，

成了一名义眼制作师，

希望自己掌握的新技术，

能让那些需要义眼的人们更舒服一点。

昨天 · 篇章四　回复

展开更多

一碗面

女孩初来异乡打拼，日子过得非常拮据，
在面馆门口徘徊犹豫好久，
看着价格表望而却步。
好心的面馆老板看出了她的窘迫，
便想请她吃一碗面。
女孩不肯接受，老板便佯装自己腰伤发作，
请女孩帮自己送一单外卖，
回来后请她吃面作为谢礼。
多年之后，女孩事业有成，
始终感念着当年面馆老板的恩情。
她找到当年的老板，
却得知对方家中老人病重，
凑不齐医药费的窘境。
于是，女孩来到医院，悄悄将手术费给交齐了。
老板追问是什么人帮了自己这么大的忙，
只得到了护士转交给的一张纸条，
上面写着："谢谢你当年的面，很好吃。"

昨天 · 篇章四　　回复

不一样又怎样

大学转专业后，我换了一间宿舍。

新舍友对我很热情，

唯独有一个女生，总是游离在大家之外，

其他人也不怎么愿意跟她相处。

可我发现，

她并没有做过什么对不起同学们的事情，

只是兴趣爱好、作息习惯跟大家不太一样，

又不习惯迎合别人罢了。

那天看见她收作业时被人故意绊倒，

怀里抱着的作业本撒了一地，

我忽然就看到了高中时不被舍友接纳的自己。

我挡开了同桌阻拦我的手，

帮她捡起地上的作业本。

这一次，我想告诉她，

跟别人不一样没有什么错，

我们并不孤独。

昨天 · 篇章四　　回复

—— 展开更多

箭

曾经看到过一幅漫画，挺感动的，

画面内容是这样的——

一个女孩背后中了一支箭，

委屈地对另一个女孩说：

“好疼啊，我好难过啊。”

另一个女孩微笑着张开双臂说：

“来，抱抱你，哭一场就好啦！”

女孩看不到的是，正在拥抱着她的同伴，

背后正插着十几支箭。

昨天 · 篇章四　回复

用户 9787559487407

刚刚 · 篇章四　回复

—— 展开更多

一罐饮料

男子去废品站卖废品。

天气很热，看着搬废品的大爷汗流浃背，

男子很想请他喝一罐饮料。

想到自己上学时生活困难，

同学买零食送给自己，自己会觉得不好意思，

于是，男子上前对大爷说：

“能麻烦您帮我开一下这个易拉罐吗？

我指甲劈了打不开。”

大爷欣然帮忙。

男子接着又递给大爷一罐饮料，笑道：

“大爷，这罐给您喝，是您帮我忙感谢您的。”

大爷秒懂了男子不着痕迹的体贴，

开心地和他碰杯：“谢谢你啦，小伙子。”

昨天 · 篇章四　回复

······ 展开更多

琐事

网络上火起来这样一个视频博主：
他做的视频内容不花哨，
都是些日常琐事：
怎么办公交卡、换乘地铁、用导航，
怎么点燃煤气灶、用微波炉，
怎么在医院的小程序上预约挂号……
没什么技术含量。
但他教得事无巨细，堪称“保姆级教程”。
评论区有人批评他做的东西“降智”，
占用网络资源、哗众取宠。
但是他说：
“我还记得我刚到北京那年看不懂地铁线路，
记得无法出门时不会做菜的无奈，
总有人是在人生中第一次做这些小事，
我希望他们看到我的视频后，
就不那么茫然无措了。”

昨天 · 篇章四　　回复

展开更多

回忆

女子发现一个被人贩子拐卖的小孩，

正无助地被关在行李箱里。

她冒险潜进货车，

打开行李箱抱出了小孩，交到警察手里。

记者问她这么做不怕自己受伤吗。

女孩说："我当年也不知道自己被卖了几次，

才到了现在的养父母家里。

如果当年有一个人为我打开那个箱子，

我就能在我自己的爸爸妈妈身边长大了。"

她救的不仅是眼前的这个小孩，

更是当年那个无助又害怕的自己。

昨天 · 篇章四　回复

展开更多

曾经的自己

酒店服务员失手打翻了一盘水果，
手忙脚乱地蹲在地上捡着。
这时，一只手出现在他面前，
递给他一个滚出去的水果，
服务员抬头一看，居然是大堂经理。
他慌乱地解释着：
“对不起，对不起，我还不熟悉。”
经理扶起他，说：“没关系，我教你。”
她教给年轻的服务员怎么拿东西更稳、
怎么说话对客人更礼貌，
眼前看到的却是当年刚开始工作，
没有人教、经常出错、挨骂的自己。

昨天 · 篇章四　回复

展开更多

送花

恋爱时，女孩很想让男朋友送自己一束花，

但是总被男孩以太贵、

我们省着钱去吃大餐为由婉拒。

多年之后，

女孩和一个同事妹妹一起下班回家，

路上经过一个卖花小摊，

她们目睹了一对情侣买了一束花离开。

女孩发现了同事妹妹流露出的羡慕神情，

于是买下一束花送给了她。

“姐姐，这是我人生中第一次收到花！”

同事妹妹惊喜道，“我都没有男朋友，

还以为自己一辈子收不到花呢。”

女孩轻轻笑着：

“嗯……虽然和恋人送的不一样，

但我想，收到鲜花总是一件非常快乐的事吧。”

昨天 · 篇章四　　回复

用户 9787559487407

路边的小花摊虽然简陋，

但是带给人的快乐是一样的。

刚刚 · 篇章四　　回复

—— 展开更多

“1 号餐”

小伙路过一个麻辣烫店，

店铺门口挂着一个牌子，

写着“如果你有困难没钱吃饭，

只需要跟我说‘要一份 1 号餐’，

免费，不用客气”。

小伙十分好奇，

进店尝试着跟老板说想要一份 1 号餐，

老板热情大方地招呼他坐下，

让他想吃什么随便点，

只有一个要求，不要浪费粮食，

怕他吃不饱，又送了一碗米饭。

原来，老板年轻时出来打工，

没钱吃饭连着饿了两天两夜。

自己当年吃过苦，

现在稍微有点能力，

遇到能帮助的人就想多帮一把。

谁都有困难的时候，

希望他们都能渡过难关。

昨天 · 篇章四　　回复

用户 9787559487407

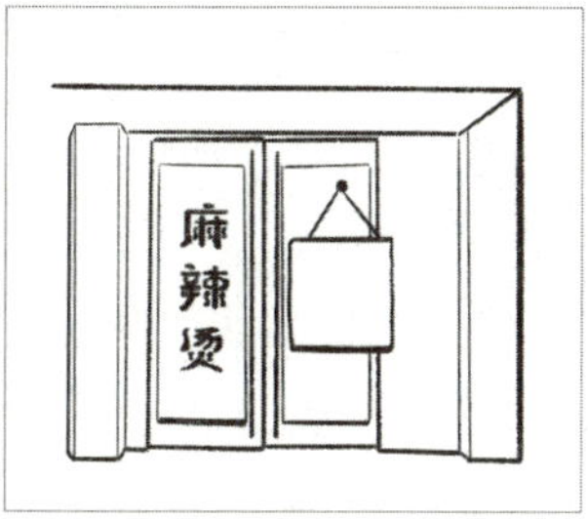

现在稍微有点能力，

遇到能帮助的人就想多帮一把。

刚刚 · 篇章四　　回复

展开更多

回报

一个企业家常年坚持捐助希望工程。

记者采访他时，

问他是怎么做到这么多年坚持献爱心的，

他说：

“我刚出来打工的时候，

有一次站在一家蛋糕店橱窗外面，

看着一个蛋糕，看了很长时间。

旁边过来一个衣着很光鲜但看着很凶的叔叔，

问我：‘你为什么一直在这儿看’。

我有点害怕他，

但还是跟他说：‘今天是我生日’，

没想到叔叔就给我买了个蛋糕，

祝我生日快乐。

我很感谢他，

当时我那么困难，

他让我感觉到很温暖。

我现在有能力了，

所以我想温暖更多的人。

其实我做这些事是因为我想回报当年那个叔叔。

我找不到他了，
但是我可以把他给我的这份善良传递下去。”

昨天 · 篇章四　回复

父亲

男人在十四岁时被自己的父亲抛弃了，
跌跌撞撞长大。
成年后他在网上开设了一个视频账号——
“爸爸我该怎么办”，
专门教失去父亲的孩子们，
那些原本应该由父亲教给他们的生活技巧、
做人道理。

昨天 · 篇章四　回复

手语

他出生在一个聋哑人家庭，
父母为了让他摆脱无声世界的痛苦，
将他交给外婆抚养。
他学会的第一个手语是“爸爸妈妈我爱你们”。
越长大越理解聋哑人的痛苦，
于是他成了中国第一个手语律师，
他说：“我不帮他们，谁帮？”

昨天 · 篇章四　回复

—— 展开更多

装修

女子年纪轻轻就来北京打拼了。

经过十年努力，

她积累了一定财富，

也在北京买下了自己的房子，

并将房子租了出去。

她遇到了一对年轻的情侣租客。

看到他们，

女子仿佛看到了年轻时那个生活不易的自己，

于是她收取了很低的费用，

并且坚持十年不涨租金。

令她没想到的是，

这对情侣为了报答她，

离开北京之前，

将原本的毛坯房精装修了一遍。

昨天 · 篇章四　回复

展开更多

风雨过后，

你一定能等到彩虹。

篇章五

这个世界总有人偷偷爱着你

31.9 万人参与 · 17.9 亿次播放　　收藏

不管你信不信，

你从来都不是一个人。

展开更多

旅行青蛙

之前有个很火的游戏叫《旅行青蛙》，
我推荐我妈下载了，三年后，我妈还在玩。
我就问她这游戏都不流行了怎么还玩，
她说："我就不该给这青蛙起你的小名，
他一没东西吃，
我就感觉是你在挨饿，放不下心。"

昨天 · 篇章五　回复

用户 9787559487407

妈妈永远都是那个不管我长多大，
都把我像孩子一样宠的人。

刚刚 · 篇章五　回复

展开更多

夜访

儿子是一名武警战士，母亲是一名列车乘务员。

自从儿子参军，母子俩已经两年没见面了。

得知有一趟车途经儿子所在的军营，

车站距离军营只有一公里的路程，

母亲和同事换了班，利用列车停站的时间，

匆匆忙忙跑步到军营，只为见儿子一面。

夜已经很深了，士兵们都在睡觉，

为了不打扰他们休息，

母亲不让陪同的指导员开灯，

站在床前，就着月光，贪恋地看着儿子的睡脸。

然而没过几分钟她就要离开了，

停站时间有限，她也要回到自己的岗位上了。

昨天 · 篇章五　　回复

------- 展开更多

妈妈听得到

有一天我在洗澡，

突然很晕，浴室封闭，还有水声。

我妈在书房，开着电脑放着电视剧。

我弱弱地喊妈妈，

因为很晕很晕，下意识的声音非常小。

下一刻，我妈跑进来了。

后来我问她，

她说就是听见我喊妈妈了。

我愣了很久很久。

昨天 · 篇章五　回复

—— 展开更多

妈妈的视频

年轻的妈妈无意中被确诊为恶性肿瘤，
无奈之下只得剖腹早产下六个月大的宝宝，
自己再接受手术。
病情不断恶化，
她知道自己大概无法战胜癌症，
于是，她一边接受化疗，
一边给孩子录下一段又一段生日祝福视频，
希望往后的每一个生日，
孩子都能听到："妈妈永远爱你。"

昨天 · 篇章五　回复

------ 展开更多

底气

女儿问妈妈："我真的可以一辈子不结婚吗？"
妈妈回答："当然了，结婚是人生的大事，
找不到掏心掏肺真心对你的人，
你嫁他干啥，不糟心的吗？"
女儿又问："那我不生孩子真的可以吗？"
妈妈说："你生完孩子之后，就要负责任，
你就不是你自己了，孩子会成为你的全世界，
会成为你的铠甲和软肋，
你会被别人拿捏得死死的，
所以你不生孩子，我没意见。
那一刻，女儿觉得自己有了对抗全世界的勇气。"

昨天 · 篇章五　　回复

…… 展开更多

伟大的一课

我的妈妈并非一个什么伟大的人，
但在我成长的路上，她却一直在教我：
没人规定什么年龄、什么性别，
就必须去穿什么样的衣服、
做什么样的事、爱什么样的人，
我的人生不该由她去规定，
而是要靠我自己争取。
她教导我说：“一定要先学会好好爱自己。
会爱自己，才有能力去爱别人。”

昨天 · 篇章五　回复

展开更多

继父

父母离婚，亲生父亲从来没有管过孩子。

多年来，继父对孩子呵护有加。

成年后，孩子悄悄拿了户口本，

将自己的姓氏改成继父的。

继父看到户口本后，泪流不止。

血缘关系不是亲情的凭证，爱才是。

昨天 · 篇章五　　回复

展开更多

勇气

背着一个成年人登上泰山，
这几乎是一个不可能完成的任务，
更何况想做这件事的还是一个六旬老人。
老人的儿子二十几岁时遇到意外，
双腿残疾，从此以后自卑、敏感，
越来越不愿意出门。
老父亲为了帮助儿子找到希望，
让他相信只要有信心没有什么是做不到的，
决定背着儿子登上泰山。
在山顶看到日出的那一刻，儿子感动落泪。
这一刻他看到面前有两座山，
一座是脚下的泰山，另一座是父爱之山。
他下定决心，
要带着父亲给他的信心和勇气，
勇敢、顽强地活下去。

昨天 · 篇章五　回复

—— 展开更多

肩膀

失恋那天下着大雨，
我坐在公园的花坛边上，
一个人发呆了不知道有多久。
远远地，我看见我爸骑着自行车来找我。
我以为他要骂我大晚上不赶紧回家，
但爸爸只是下了车，
安安静静地坐在我旁边，陪我淋着雨。
那一刻，我靠在爸爸的肩上，
久违地感觉到，所有的疲惫、委屈，
终于可以卸下去了。

昨天 · 篇章五　　回复

------ 展开更多

爸爸的西瓜

父亲知道我爱吃西瓜，
在我不知道的时候，
悄悄在自家坟地里撒下了西瓜种子。
去给他上坟时，
我意外地发现了两个成熟的西瓜，
果肉爽口，汁水清甜。
爸爸，我真的没想到，
哪怕你走了，我还能吃到你为我种的西瓜。

昨天 · 篇章五　　回复

展开更多

油画

父亲患有阿兹海默症，已经认不清什么人了，
每天只是重复着年轻时最喜欢做的事情——
画油画。
女儿结婚这天，
起初他并没认出面前穿着婚纱的女孩是谁，
但是当他画到记忆中自己带着女儿玩的画面时，
忽然认出了面前的女儿，
哽咽道："天啊，你都要结婚了，
你居然长这么大了……"
女儿激动地和父亲拥抱在一起，泪流满面。

昨天 · 篇章五　回复

—— 展开更多

车站

这些年去火车站，

站台上已经看不到什么送站的人了，

但是我始终记得，

多年前上大学的时候，

每次返校，

都能透过车窗看见我爸在外面追着车跑，

直到再也看不见为止。

昨天 · 篇章五　回复

…… 展开更多

梯子

爸爸在房顶干活，年幼的儿子帮他扶着梯子，
不巧梯子老化的木材断了一节，
发出“咔嚓”一声响。
小男孩没有害怕，努力扶稳了梯子，
因为上面站着的是他最爱的爸爸，
他绝对不能让爸爸摔伤。

昨天 · 篇章五 回复

用户 9787559487407

每个孩子心里
大概都会有一个盖世英雄，
那个人叫作“爸爸”。

刚刚 · 篇章五 回复

—— 展开更多

姥姥的面

假期回到老家，

早上起床姥姥给我端来一碗热气腾腾的面，

让我快吃，趁热吃。

我一看，碗里面肉丝多得不像话，

马上去看姥姥那一碗，

发现她把所有的肉全都盛给我了。

昨天 · 篇章五　回复

—— 展开更多

爷爷的电话

在我很小的时候爸妈就离婚了，

我是爷爷奶奶带大的。

高中住校，好久没跟爷爷奶奶见面了。

有一天爷爷忽然打来电话：

“今天是你生日，你可一定要记住了啊，

不然等我和你奶奶不在了，就没人记着了。”

昨天 · 篇章五　　回复

用户 9787559487407

刚刚 · 篇章五　　回复

展开更多

宝贝要快乐

孙女闷闷不乐，对奶奶说："奶奶，我抑郁了。"
"什么叫抑郁？"
"就是每天都不开心。"
"不开心咱就不出去了，就在家跟着奶奶，
外面有坏人欺负我的乖乖，
跟奶奶在家，想吃什么奶奶都给买。"
奶奶并不懂什么叫"抑郁"，
她只是最简单地想让自己的宝贝快乐起来。

昨天 · 篇章五 回复

用户 9787559487407

都说祖孙隔辈亲，
我想，你一定也经常怀念
在奶奶膝下承欢的童年吧？

刚刚 · 篇章五 回复

------ 展开更多

过期牛奶

奶奶结婚时有个陪嫁的红色大木箱子，
听爷爷说她最宝贵的东西都会放在里面，
可是自从我有记忆起，
奶奶从那个箱子里拿出的东西，
都是给我的零食。
后来，我在外工作，每隔大半年才能回一次家。
上次回家，奶奶从箱子里拿出来一盒牛奶，
让我快喝，快喝，我一看，牛奶已经过期了。
忽然觉得，不是牛奶过期太快，
而是我回来得太晚，让奶奶等得太久了。

昨天 · 篇章五　　回复

展开更多

没上锁的门

我家在偏僻的小山村，

爷爷害怕夜里遭窃，总是早早把院门锁上。

我离家在外闯荡十年，

感觉疲惫不堪，没打招呼就在夜里跑回了家，

家门居然没锁！

我问爷爷，你不怕招贼了吗？

爷爷说："从你走后我就没锁过门，

怕你突然回来，进不了家。"

昨天 · 篇章五　回复

展开更多

凌晨的脚步声

那天情绪崩溃，打开房门就要往阳台冲，
我奶奶哭喊着拉住我，抱着我一直说“不要”。
之后的好几个星期，她都格外注意我。
有天晚上，凌晨三点，我睡不着，去天台透气。
刚到天台不到两分钟，就听到脚步声，
和奶奶颤抖着叫我名字的声音。

昨天 · 篇章五　　回复

—— 展开更多

跑丢的鞋

孙女不幸被汽车压断了胳膊，
带着她去医院的爷爷急得要命，
在各个窗口、科室来回奔波。
等到孙女手术结束的时候，
爷爷才发现，
自己的鞋不知道什么时候已经跑丢了。

昨天 · 篇章五　回复

展开更多

义肢

姥姥将外孙从小带大。

一次意外，外孙失去了一条腿，

姥姥怕他难受，从来没当着他的面哭过。

可是当他去休息时，

姥姥一次又一次一边落泪，

一边轻轻擦拭着他的义肢，

生怕有什么不光滑的地方划伤外孙的身体。

昨天 · 篇章五　回复

展开更多

心跳

急救室中，

老人的心跳已经停了半个小时。

医生已感到无能为力，

家属电话中传来孙女的声声呼唤：

“奶奶，我爱你！”

“奶奶，我爱你！”

奇迹般地，老人的心脏恢复了跳动。

那一刻，爱站在巅峰，嘲笑着死神的无能。

昨天 · 篇章五　回复

展开更多

女儿的问题

妈妈陪着女儿一边画画，一边聊天。

妈妈问女儿知不知道自己最喜欢做什么事情、吃什么东西、生日是哪天，女儿对答如流。

女儿说：“妈妈，你问了我这么多问题，我能问你一个问题吗？”

“你想问妈妈什么？”

女儿认真地问：“妈妈，你累吗？我让你受委屈了吗？”

昨天 · 篇章五　回复

展开更多

擦雨水

一个爸爸带着孩子送外卖。

大雨瓢泼，在等待爸爸送餐的间隙，

孩子拼命擦着爸爸车座上的雨水，

却怎么也擦不完，

于是，孩子整个人扑在车座上，

用自己小小的身体和雨衣替爸爸挡住雨水。

在父母努力为孩子撑起一片天的时候，

孩子也在用自己稚嫩的方式，

努力爱着他们。

昨天 · 篇章五　回复

—— 展开更多

给妈妈

一道小学生的数学题：

“妈妈买了 5 个月饼，要分给 4 个孩子，

怎么分最公平？”

有个孩子，

虽然没有写出标准答案“5÷4=1.25”，

但是没有人能说他的答案错误。

他在卷子上写道：“可以给妈妈一块。”

昨天 · 篇章五　回复

展开更多

包里的糖

晚饭时，

妈妈无意中提起，

自己今天上班时低血糖发作晕倒了，

第二天出门前，

她发现自己的包里被塞了几块糖，

还有一张字迹稚嫩的纸条：

“妈妈，再头晕就记得吃哦！”

昨天 · 篇章五　　回复

—— 展开更多

女儿的演讲

校庆典礼上女儿代表同学讲话。

讲到最后，

女儿对台下来看她的父亲说：

“爸爸，这些年其实我都知道，

你怕我的同学知道你是保安看不起我，

所以每次来接我放学都把衣服换掉。

爸爸，我真的很感谢你，

我一点都不嫌弃你的职业，

我因为你这么爱我而感到自豪！”

昨天 · 篇章五　回复

—— 展开更多

“咱妈来了”

男孩高三住校，妈妈经常去给他送饭。

同宿舍的几个同学，家长都在外地工作，

非常羡慕男孩能吃到家里的饭菜。

于是男孩让妈妈每次来送饭时，

都直接带来足够一个宿舍吃的饭菜。

同学们见到他的妈妈，

都亲切叫：“咱妈来了。”

昨天 · 篇章五　回复

······ 展开更多

冰箱里的花

母亲节那天，
男孩一直在厨房叫妈妈过来看看冰箱怎么了，
妈妈很困惑，以为冰箱坏了。
当妈妈打开冰箱的那一刻，她惊呆了，
冰箱里塞满了鲜花，
还有一张儿子送给她的贺卡：
“妈妈，母亲节快乐！”

昨天 · 篇章五　　回复

用户 9787559487407

收到孩子送的礼物很开心吧！

刚刚 · 篇章五　　回复

展开更多

“LOVE”

“老师，您给我们出了三年题了，
今天最后一节课，我们也想给您出几道题。”
高三毕业前的最后一节数学课上，
学生们对老师说，老师欣然答应，
按照学生们的要求解了几个函数题，
画了坐标图。
“老师，现在请您将坐标系擦了，
只留曲线图。”
老师照做，擦掉坐标系后，
黑板上留下了“LOVE”的字样。

昨天 · 篇章五　回复

…… 展开更多

我的宝贝

老师进入教室，发现一个女生正趴在课桌上，

脸被头发和校服挡得严严实实。

老师有些担心，以为学生生病了，

正要过去关心时，

没想到被这个女生给了一个惊喜。

女生抬起头，笑盈盈地说："老师，我想你了。"

老师的眼睛瞬间湿润：

"哎呀！这是我的宝贝！"

她怎么也没想到，

她二十年前教过的学生，

回来看望她了。

昨天 · 篇章五　　回复

展开更多

孩子们的花

教师节那天，

老师收到学生们送他的一束鲜花。

下课后，他抱着花，

故意绕了最远的路回办公室。

一路上，同事们跟他打招呼问道：

“呦，下班啦？”

他每次都喜滋滋地答非所问：

“你瞧，这是我的孩子们送我的！”

昨天 · 篇章五　　回复

…… 展开更多

秋裤

一名老师坐在学生宿舍门口，

挨个检查住校生们有没有穿秋裤。

他担心这些半大孩子，

离开家长很可能不懂得照顾自己，

天冷了，他怕他的孩子们受冻。

昨天 · 篇章五　回复

攒一攒就够了

一个大学生送外卖攒钱给爸爸看病。

舍友知道后，一起自发帮他送外卖。

同学们说：

“我们虽然力量很微小，但是能帮一点是一点，

我们人多，攒一攒也许就够了。”

昨天 · 篇章五　回复

抽血

高考前体检，很多女生害怕抽血，
班长便买了一大袋子糖，
等在抽血的小桌子旁。
每当有人抽完血，班长都会发一颗糖。

昨天 · 篇章五　回复

补课

老师周末加班时，发现自己班里的灯还亮着，
以为是同学们忘了关灯，
走近一看，才发现是物理课代表在班里，
自发给成绩差的同学们补习功课。

昨天 · 篇章五　回复

醒脑操

老师在上课时发现一个学生睡着了，

她没有批评这个学生不守课堂纪律，

而是温柔地帮学生揉了揉肩膀，

理解大家学习太累了，

然后教全班同学一起做了一套提神醒脑的操。

老师的温柔应对，

巧妙地化解了学生的尴尬，

让师生之间的心理距离又拉近了几分。

昨天 · 篇章五　　回复

—— 展开更多

饺子

男生母亲去世，父亲残疾，
为了省钱，
他每天只吃一顿方便面充饥。
老师注意到了这个情况，
于是邀请男生去自己家吃饭，
和他一起包饺子。
老师说：“孩子，我为你做不了太多，
我就是想让你再尝尝妈妈的味道，
我希望你能健康长大。”

昨天 · 篇章五　回复

…… 展开更多

奖状

一年级的小男孩成绩不好，

学年结束时，

羡慕地看着同学们被表扬、得奖状。

没想到的是，

班主任在最后也给他留了一张奖状。

老师评选他为“全班最具潜力小明星”，

相信他通过努力一定可以变得更优秀。

男孩忍不住落泪，并且真的越来越努力了。

昨天 · 篇章五　回复

—— 展开更多

背你上学

男孩患有脑瘫，无法自己走路，
三年级时，同桌非常关心他，
从此开始背他上学，一背就是十年。
高考放榜后，男孩考上了理想的大学，
同桌却遗憾落榜。
同桌决定复读一年，和男孩约定：
“明年学校见，我还要继续背你上大学。”

昨天 · 篇章五　　回复

—— 展开更多

奔跑的青春

班上有个残疾同学，

初中三年都没有体验过上体育课的快乐。

拍毕业照那天，同学们推着他的轮椅，

前后簇拥、保护着他在操场上跑完了一千米。

青春本就应该是恣意的、张扬的，

在那个夏天，他的青春也终于有了畅快奔跑、

放声大笑的记忆。

昨天 · 篇章五　回复

用户 9787559487407

刚刚 · 篇章五　回复

—— 展开更多

挡风板

冬天冷硬的风，

总是吹得教室第一排的学生腿脚冰凉。

某个周末返校后，学生们惊喜地发现，

班主任用厚厚的硬纸板做了挡风板，

把第一排学生的课桌全部遮了起来，

以后上课，他们再也不怕冷了。

昨天 · 篇章五　回复

用户 9787559487407

刚刚 · 篇章五　回复

展开更多

留下希望

高三那年，

语文老师叫一个女孩参加作文大赛，

女孩每次作文成绩平平，不相信自己能得奖。

本想拒绝，但老师始终坚持，

对女孩说："比赛和应试不一样，

我知道你很擅长写小说。"

女孩是个悲观主义者，

文章写满了成长的心酸、无奈，

老师觉得切入点很新颖、很现实，

但建议女孩修改结尾。

老师说："你年纪还小，还不到认输的时候。

人生还很长，不该这么绝望，

遇事你要往积极的方向想。"

后来，那篇文章得了全国三等奖。

后来，女孩上大学、毕业、工作，

遇到了更多的心酸、无奈。

再后来，女孩被诊断出了抑郁症。

痊愈后，她开始在网站上写一些小故事。

读者经常在评论区留言，

说她的文字很温暖，很治愈。

女孩跟相熟的读者聊起过往，

感慨道："我很感激我当年的语文老师，

原来在我十七岁那年，

他就相信我能写出好故事，

并且在那个时候他就已经在教我，

要学会把希望留下。"

昨天 · 篇章五　回复

—— 展开更多 ∨

生日祝福

自习课上，

一名男生突然被老师通过摄像头叫起。

男生不知所措，

结果下一秒便被老师的话感动得又哭又笑。

老师说：“全班同学，我们一起祝他生日快乐。”

昨天 · 篇章五　　回复

用户 9787559487407

我们经常回忆起学生时代，

是因为那段和老师、同学在一起的

青春，无比纯粹。

刚刚 · 篇章五　　回复

展开更多

善意的谎言

班主任正在办公室批改作业，

班长来报：教室里有同学在打架。

班主任急急忙忙往教室跑去。

她没想到的是，

推开教室门，

等待她的是布置好的气球、彩带、鲜花，

以及学生们的一张张笑脸：

“老师，生日快乐！”

昨天 · 篇章五　回复

展开更多

传承

那年地震，

女孩和她的同桌在教室里摔倒了。

千钧一发之际，

老师返回教室，

将两个孩子拉了出来。

两个孩子逃出生天，

可老师却永远留在了坍塌的教学楼里。

多年后，记者问女孩为什么会选择当老师，

女孩哭着说：“我的命是老师给的，

我要用我余下的生命，

来完成老师在讲台上没来得及完成的事。”

昨天 · 篇章五　　回复

------ 展开更多

师生默契

教师节那天，我们买了礼花，

打算给每一个进来上课的老师一个小惊喜，

没想到的是，

班主任进门前非常戏剧化地撑开了一把伞，

挡开了飞到他脸上的彩纸，

还冲我们故作滑稽地扭来扭去，

做了个非常嘚瑟的鬼脸：

“哈哈哈，你们失算了，没喷到吧！”

逗得全班哄堂大笑。

原来，在我们尽力想对老师表达爱的时候，

老师也留意着我们的一举一动，

用朋友一样的方式回馈着我们的爱。

昨天 · 篇章五　回复

展开更多

你记得吃饭

毕业十年之后，曾经的舍友约在一起小聚，

话还没说几句，

其中一个女孩的老板就找她处理工作。

女孩很为难，两个舍友表示理解，让她快去。

半个小时后，女孩回到饭桌上，

发现两个舍友菜一点都没动。

舍友说：

“你不坐在这，这饭吃着还有什么意义呀？

以后再忙，一个人也要好好吃饭，

现在不像上学那会儿了，

你没空吃有我们给你带饭。”

昨天 · 篇章五　回复

展开更多

补校服

孩子放学回家，我看见他校服破了个大洞。

孩子说："妈妈，校服不是我的，是我同学的。"

他的同学没有妈妈，他想把校服换回来，

替同学洗洗，让我帮他把破洞补一下。

昨天 · 篇章五　　回复

用户 9787559487407

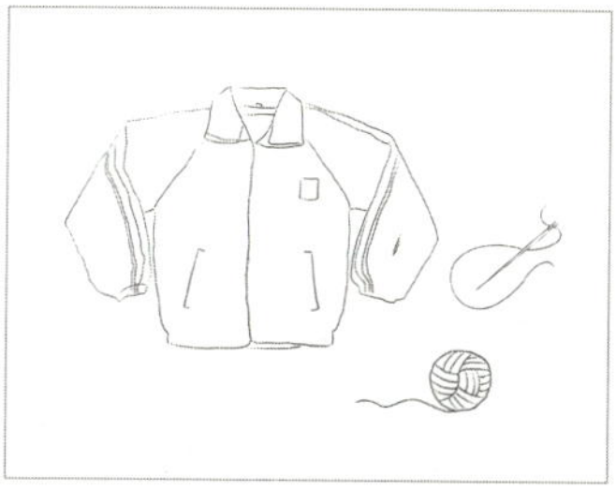

刚刚 · 篇章五　　回复

展开更多

爱可以很小，

一点一滴积攒起来，

便给了我巨大的能量。

篇章六

人生是个减法，来日并不方长

16.4 万人参与 · 26.4 亿次播放　　收藏

这世上最难走的路不是陌路，

而是天人永隔。

展开更多

目送

两个农民工一起在外打工，

多年间互相照顾，两人不是亲兄弟，

却胜似亲兄弟。

一天在四层高的楼上做工，两人不慎坠落楼底。

急救室里，其中一人经抢救无效死亡，

另一人意识尚且清醒，

不顾自己的病痛，

一直在恳求医生救救自己的朋友。

得知隔壁好友的死讯，他当场崩溃。

出了急救室的门，

向左是太平间，向右是住院部，

兄弟俩一人向左，一人向右，从此阴阳两隔。

幸存的一位尽管浑身疼痛难忍，

却仍在急救室门口奋力挣扎起身，

他的兄弟不在了，他想最后再看一眼，

目送他走一程。

昨天 · 篇章六　回复

展开更多

妈妈的照片

女儿看到因病去世的妈妈生前的婚纱照。

奶奶问："你妈妈漂亮吗？"

"漂亮！"

女儿亲了照片中的妈妈，扑进爸爸怀里。

爸爸一手揽着怀里的女儿，

一手轻轻擦拭着妻子的照片，

他不知道该怎么告诉女儿真相。

女儿以为妈妈还在医院，

她还在等着妈妈回家。

昨天 · 篇章六　回复

展开更多

天人永隔

孙子意外落水溺亡，
年迈的爷爷步履蹒跚，强撑着身体，
想去看孙儿最后一眼。
一路踉踉跄跄，老人家忍不住地落泪，
然而快到河边，却下意识地退却，不愿面对。
原来，这世上最难走的路不是陌路，
而是天人永隔。

昨天 · 篇章六　　回复

------ 展开更多

想妈妈了

孩子还在牙牙学语，

本来我很开心地在和他一起看动画片，

听到电视里的小萌鸡在叫妈妈，

他也有样学样地叫了我一声“妈妈”。

我下意识地接话：

“对呀，它也在喊妈妈，你也有妈妈，

每个人都有妈……”

那一刻犹如水泥封喉，

我用力抓着空气，不想在孩子面前哭出来，

我忽然想到，我已经没有妈妈了。

昨天 · 篇章六　回复

展开更多

意外

爸爸去高中看望住校的儿子，
第二天却突发疾病不幸去世，
那一天竟成了父子俩最后一次见面。
爸爸离世后，
儿子隔三岔五给他的旧手机发短信，
不知不觉，开心的、不开心的，
点点滴滴已经快要溢出屏幕。
儿子始终记得那天爸爸让自己亲亲他，
他要把父子的温馨时刻永远记录下来。
十六七岁的大男孩，对着手机录像亲得扭捏。
他会为了没有多亲两下而伤心，
但也会为亲过那两下而开心。

昨天 · 篇章六　　回复

展开更多

没机会了

奶奶在买药的路上突发心梗走了，

爷爷跪坐在地上，紧紧抱着奶奶，不肯撒手。

北方的冬夜很冷，

站在一处不活动活动，脚就冻得发麻。

周围人都在劝着：

“你放下她吧，已经这样了，

你先进屋暖和暖和。”

爷爷不肯，紧紧地不肯撒手：

“我想再抱她一会儿，让我再抱一会儿，

以后再也没有机会了。”

昨天 · 篇章六　回复

展开更多

见一面少一面

年轻的摄影师到草原采风，

遇到一个天真可爱的小女孩，

她的外公、外婆身患重病，妈妈需要放牧，

爸爸外出打工后音讯全无，

虽然才六岁，

她却成了家里唯一能照顾外公外婆的人。

摄影师和这一家人很快建立了真挚的友谊，

承诺明年春天再回来看他们，

给小女孩讲外面的世界。

第二年，摄影师回到草原，

发现小女孩闷闷不乐，

原来她的妈妈不慎摔倒，被马踩成重伤，

外婆说：

“我们去医院了，钱没带够，她就走了。”

外公受不了失去女儿的打击，很快就撒手人寰。

摄影师非常心疼，

答应小女孩自己忙完工作就来看她。

这一别就是四年。

当摄影师再次回到草原时，

不料得到了一个更不幸的消息：
就在小女孩小学毕业的那天，
她被一辆飞驰而过的汽车撞到，当场就离世了。

昨天 · 篇章六　　回复

用户 9787559487407

明天和意外，
总不知道哪一个先来。

刚刚 · 篇章六　　回复

······ 展开更多

来不及

男子家族有遗传性疾病，

为了给母亲、哥哥凑钱治病，

他自己拖着病体外出打工，

最后被人发现吐血晕倒在家里，送进医院。

医生对他进行急救，要给他的家人打电话，

男子不肯，

他怕因给自己治病而增添家人的负担。

最终，医生还是打了他父亲的电话。

然而当父亲凑够钱赶到医院时，

儿子已经离世了，

前后只差了半个小时，连最后一面也没见到。

而更令人悲叹的是，

父亲在赶回家的路上，听说大儿子也离世了。

两个儿子的最后一面，他终究是一个都没见到。

昨天 · 篇章六　回复

------ 展开更多

不想走

“我恨你，我可恨你了。”

“你恨我做什么？”

“你那么急干什么？为什么不等等我？”

“我也不想走。”

临终前，

八十八岁的爷爷摸着八十三岁奶奶的白发，

一下一下地，一如过往的几十年里一样轻柔，

“可这次我不想走也不行了。”

昨天 · 篇章六　回复

展开更多

他存在过

一位女士到派出所办理亡夫的死亡证明，
业务完成后久久不愿离去，
凝望着电脑屏幕上亡夫的照片，
眼中满是泪水。
因为家里穷，
丈夫连一张像样的照片都没有留下，
电脑上那张照片，
是丈夫曾经来过这世界的唯一证据。
民警于心不忍，
向领导汇报后，叫住了正欲离开的女士：
“大姐您等一下，把手机给我们一下。”
民警打开她手机里的相机，
将丈夫的照片拍下来，又把手机郑重还给了她。

昨天 · 篇章六　　回复

------- 展开更多

否定

父亲被诊断出患了恶性肿瘤，

最多剩三个月的寿命，

儿子是医科大学的高才生，

他怎会看不懂父亲的诊断报告。

可是当医生把这个结果告知他的时候，

他依然跪地痛哭，

连连说着："你们诊错了，诊错了。"

那一刻，他想要否定毕生所学，

也期望能将父亲留在身边。

昨天 · 篇章六　回复

展开更多

入梦

父母三天内相继离世，

女孩回到家，脚步虚虚的，像个游魂一样。

终于，她跪在空荡荡的屋子里失声痛哭：

“爸，我回来了。爸，你吃药了吗？

妈，我回家了……

爸，你能不能带着妈妈，一起到我的梦里来？

看看我，告诉我你们过得很好……”

昨天 · 篇章六　回复

用户 9787559487407

刚刚 · 篇章六　回复

展开更多

越想越痛

爷爷去世的时候，我一滴眼泪都没掉，
我很奇怪自己为什么会如此冷漠，
直到我看到墙角再也没人用的拐杖，
冰箱里再也没有他留给我的半碗牛奶，
还有商场里甩卖的、
跟他穿的那双很像的过时布鞋，
泪水一次又一次于不经意间滑过脸颊。
我这才明白，原来至亲去世时，
我们往往是悲痛到麻木的，而更深的痛苦，
总是在生活中伴随着事袭来。
我总说将来上班了赚了钱，
我要给爷爷买一双新鞋，
结果到他走，这双鞋我都没买到。

昨天 · 篇章六　回复

展开更多

去墓地

深夜，

交警在路边发现了一个背着书包狂奔的小孩，

以为他找不到家了，

便耐心询问他家在哪，想送他回去。

小孩说："去墓地，我想妈妈了。"

昨天 · 篇章六　回复

辣椒酱

男子整理母亲的遗物，发现了十几瓶辣椒酱，

他知道，那是妈妈临终前偷偷给他做的，

因为他最爱这个味道。

看着这些辣椒酱，男子崩溃大哭。

昨天 · 篇章六　回复

旧衣服

有人说过，

父母是挡在我们和死神之间的一堵墙。

那天整理父亲的遗物，

我发现了几件母亲生前穿过的衣服，

父亲大概是怕我看见难过，

又舍不得丢，于是自己悄悄藏了十年。

那一刻我忽然意识到，

我没有妈妈了，以后连爸爸也没有了。

昨天 · 篇章六　回复

展开更多

心声

过年聚会，朋友喝醉了，我开车送他回家，

他却说了另一个地址，硬要我送他过去。

拗不过他，我只好先送他过去。

到了目的地，他扑到两块墓碑前倒头就要睡，

嘴里喃喃念叨着：“爸，妈，我想你们了。”

昨天 · 篇章六　回复

用户 9787559487407

好怀念爸爸妈妈的拥抱啊。

刚刚 · 篇章六　回复

展开更多

爸爸很爱你

小女孩的父亲去世，

因为她太过年幼，家人一直都瞒着她。

一次在幼儿园不小心听到小朋友在议论，

她回到家后懵懵懂懂地问妈妈：

“我同学说我爸爸死了？他不要我了？”

妈妈哽咽道：“不要听他们胡说，你爸爸……

你爸爸他只是去了一个很远的地方。

爸爸是很爱很爱你的。”

昨天 · 篇章六 · 回复

—— 展开更多

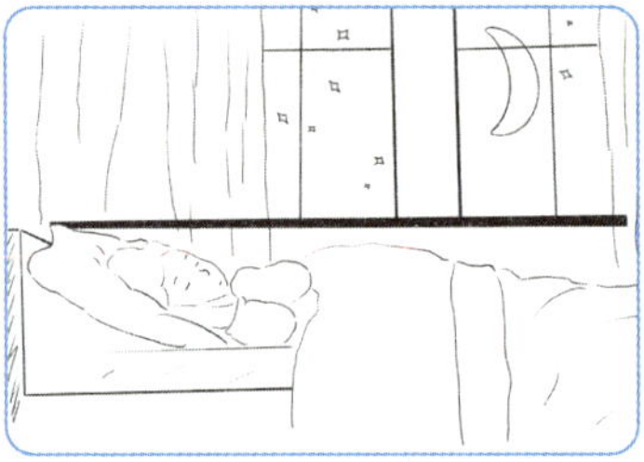

晚安了，

亲爱的自己。

当你决定翻开这本书，

当你因为这些故事感动落泪的时候，

你就已经非常棒了。

你勇敢地走完了这一段由“致郁”到治愈的旅程。

春风、夏雨、秋月、冬雪，

你经历的都是美景。

现在，好好睡一觉吧，

明天一定是个好天气。

最近很累，但问题不大